KB272272

반클리프
그리고
어퍼컷

반클리프 그리고 어퍼컷

발행일	2026년 3월 30일

지은이	안성우
펴낸이	손형국
펴낸곳	(주)북랩

출판등록	2004. 12. 1(제2012-000051호)
주소	서울특별시 금천구 가산디지털 1로 168, 우림라이온스밸리 B동 B111호, B113~115호
홈페이지	www.book.co.kr
전화번호	(02)2026-5777 팩스 (02)3159-9637

ISBN	979-11-7598-201-7 03810 (종이책) 979-11-7598-202-4 05810 (전자책)

작가 연락처 문의 ▸ ask.book.co.kr

전용 게시판에 문의를 남기시면 저자에게 직접 전달됩니다.

(주)북랩 성공출판의 파트너

북랩 홈페이지와 SNS에서 다양한 출판 솔루션을 만나 보세요!

홈페이지 book.co.kr • **블로그** blog.naver.com/essaybook • **출판문의** text@book.co.kr

카톡채널 북랩

안성우 시집

반클리프 그리고 어퍼컷

꿈을 말하면서 가격을 묻는다.
행복을 원하면서 연봉을 검색한다.

북랩

시인의 말

난해한 시보다 더 난해한 시국을 읽다가
시 월반생을 좇으려는 만학도 가슴팍에서 더딘 속도로
무딘 생각들이 쏟아졌다.

차례

2부
모럴 해저드

3부
머니 뭐니

1부

불안한 날들

추앙하는 우리들의 주인님

탐하지 마

노예가 돼

주인의 매력은 세상을 주무르는 수단이야

주인을 쫓는 노예들을 봐

봉 잡으려다 늪에 빠진 거지

제비 떠난 강 남쪽에 기웃거리지 마,

벌떼들 밥이 되고 말 테니

들쥐 떼 따라다니며 허공에다 발길질하지 마,

허공도 임자가 있어

빅뱅 직전의 불꽃놀이처럼

주인은 근성 있는 노예를 원해

무작정 뒤를 쫓다 독박 쓸지도
길목을 지키다 대박 맞을지도
생각이 많으면 웃음꽃이 시들어

속 보이는 수작이 낯 뜨거우면
테스토스테론에 최면을 걸어
끼니는 굶어도 씨앗은 남겨야지
주인과 궁합 맞는 노예들이 주무르는 세상
천년만년 주인과 함께
살고지고

만화 시대

뭐 먹을래

열 받을 땐 수박이지

원성이 자자한 건 겉과 속이 달라서가 아냐

스테이크 먹고 싶으면 서양인 척하라는 거지

어떤 옷을 입고 싶니

슈트 말고 갈옷은 어때

망토를 걸치면 쉽게 히어로가 되긴 해

벌거벗은 임금보다 레깅스가 정직하긴 하지

만나 보고 싶은 사람 있니

인플루언서가 대세이긴 한데

도서관을 이고 있는 노인이 낫지 않을까

시 쓰는 사람은 어때

영혼을 짓는 사람이면 좋겠어

어떻게 살고 싶니
다들 새끼 낳고 알콩달콩 잘 살잖아
내 부모처럼 살 수는 없지
내 새끼는 나보다 더할 텐데
딩크족이 부럽긴 해

배신이 두려워?
이미 배신했지

반클리프 그리고 어퍼컷

여름을 달궜던 가을 숲에
단풍들 사이로 드러나는 자국들이 있다
화려한 치장과 상관없이
목덜미거나 손목이거나 그 어디에나
속인다고 속여진다면 가을은 가을이 아닌 거겠지

민낯이라서 아름다운 들녘에
땀이라서 찬란한 것들이 계절을 물들이고 있다
어퍼컷의 진위와 관계없이
우릴 속인 적 없는 광장의 가을이 이상하다면
우리의 선택이 틀린 거지

깃발들이 어긋나는 광장에
가로수 양버즘나무 갈잎이 떨어지고 있다
옳고 그름의 구별 없이
태양을 흠모한 죄로 나뒹굴고 있다

쓸쓸할 이유 있나
이상한 가을은 늘 거기 있었다
실망의 크기가 다를 뿐

위험한 날들 1

이해할 수 없는 일들로 이해할 수 없는 사람들의

확성기가 아침을 깨운다

말들은 무성하고

뜻은 서로를 향해 닫혀 있다

한쪽은 깃발을 흔들며 설치고

다른 쪽은 소확행을 지키려 애쓴다

들리는 아우성이 커서

누가 무엇을 놓치고 있는지 보이지 않는다

금지어가 늘어날수록

허락받지 않은 얼굴들이 광장을 채운다

모두가 질서를 말하지만

서 있는 자리는 조금씩 다르다

 반클리프 그리고 어퍼컷

어느 쪽도 완전히 틀리지 않고

어느 쪽도 충분히 맞지 않은 채

구호로 구호를 공격한다

불리하다고 느끼는 쪽에서

저울을 든 여신상을 훔치러 쳐들어간다

청계천에서 소확행을 줍다가 놀란 나는

마포로로 갈까 한남로로 갈까 고민하면서

어느 편도 아닌 얼굴로 지나가는 법을 연습한다

넘어지지 않는 쪽을 택하려고

말 대신 숨을 고르며

위험한 날들 2

탈춤들이 힙하다
유머는 변절하고 육두문자만 남았다
익살은 잘리고 주먹이 주인공으로 등장한다

열불 난 핏대가 거리를 점령한다
호객하는 깃발 아래 사이비들 휘파람이 매섭다

탈을 쓰고 칼춤이라니 십자가가 문을 닫는다

저주뿐인 광장 나는 떠나네

네가 지키려는 것은 무엇이고
우리가 바라는 것은 무엇인가
우리는 내일을 위해 저녁을 함께해야 하는 사이,

　　　　반클리프 그리고 어퍼컷

너희들 리그가 옳다면

너희와 다른 리그도 인정해 주면 안 되겠니

반쪽이 된 것도 서러운데

또 둘로 나뉘면 너무 가혹하잖니

곡해의 주파수가 전파를 탈수록 상처는 깊어진다

독기가 경계를 넘으면 맹세는 물거품 된다

탈을 쓴 오독이여 멀리는 가지 마라

너희가 짓밟는 약속 저녁 밥상에 올려진다

위험한 날들 3

그는 아직도 알아들을 수 없는 연설문을 낭독하는
중이다
청중은 갈수록 줄고 있지만
문장은 여전히 완성형이다

모든 질문은 오해이고
오해는 변명으로 귀결된다
변명은 점점 길어지고
상황은 점점 꼬여 간다

소주와 맥주 요리를 잘하는 그는
맛보다 공정한 건 법이라고 강조한다
그의 손에 들린 법은 언제나 그에게만 공손하다

청중이 떠난 방청석을 바라보며 그는
고개를 끄덕인다

 반클리프 그리고 어퍼컷

조용하면 "내가 이긴 거지"
그는 늘
싸울 준비가 되어 있다
문제는
상대가 이미 자리를 떴다는 것

혼자 남은 링 위에서 그는 다시 외친다
"자유를 지키려면 법대로 해"

법은 링 밖으로 떨어져 있고
그의 요리는 무죄라 주장한다

위험한 날들 4

매일 같이 나라를 위기에서 구한다는 목소리로
밥벌이하는 그룹들이 폭풍 성장하고 있다

카메라를 켜고 목소리를 키우면
위기는 즉시 발동한다

업무의 시작은
아군과 적군으로 편을 나누는 일

분노는 생방송이고
팩트는 광고 뒤로 숨는다

표적은 매번 새로운 것 같으나
같은 얼굴이고
설명이 길수록
증오는 더 단단해진다

목소리에 대한

반응은 밥줄이고

침묵은 배신이며 의심은 언더커버로 찍힌다

그들에게 분열은

단종시켜야 할 상품이 아니라

더욱 업그레이드해야 하는 블루오션이다

위험한 날들 5

스스로 자유의 수호신이라 칭하는 그 앞에
모두가 보고서를 방패처럼 들고 고개를 숙인다
각자의 방향으로

그는 풍차를 가리켰다
"저것이 적이다"
모두는 화면을 확대하고
"부정선거입니다"라고 적는다
그는 고개를 끄덕이며
적은 교묘하다는 뜻으로 이해한다

회의는 늘 승리로 끝났다
박수는 자동이었고 웃음은 옵션이었다

그가 자유를 밟고 올라서서 외친다
"자유를 위하여"

 반클리프 그리고 어퍼컷

폭탄주는 훌륭하게 반향을 일으킨다
모두는 감탄한다
음향이 참 좋다고

바람의 방향이 바뀌자
모두는 일정을 수정했다
그의 창이 아니라 날씨 앱을 보며

그는 다음 전투를 구상하고 있다
풍차는 여전히 돌고 있고
모두는 이미 다른 풍경을 보고 있다

그는 메모한다
"전쟁의 유일한 무기는 자유"
그리고는
메모를 승전 보고서에 넣는다

무개념이 지배하는

숲을 안 보고 나무를 자르는 폭군이나
나무를 안 보고 숲을 망치는 폭정이나
다 이유 있다

풍족한 집 아이 코카인에 빠지는 것도
어려운 집 아이 코인에 매달리는 것도
다 이유 있다

건강식 챙기고 산에 오르는 라떼나
유서 써 놓고 옥상으로 가는 엠지나
이유 없는 삶은 없다

꼼수로 법을 조롱하는 돼지나
보호하려는 돼지우리나
이유 없는 결과는 없다

민주를 밟은 자가 민주를 외치거나

자유를 누리는 자가 자유를 외치거나

이유 없는 정의는 없다

정당한 수단이든

교묘한 편법이든

승자의 이유가 정의가 된다

고로

여신상이 들고 있는 저울이 기울어도 무죄다

무너지는 경계들

자신이 곧 십자가라는 사람 앞으로
번호표를 쥔 사람들이 줄을 선다
설교는 스피커 안에서 꼬이고
회개는 투표로 대체된다

불상이 인자한 미소로 지지율을 따라가며 탁발한다
자비가 잿밥 구조를 설명하자
법문이 박수로 번역된다

제단에는
양고기 대신 그래프가 놓이고
향나무가 아닌 브리핑 먼지가 쌓인다

복음이 의석수에 휘둘리고
해탈은 여론의 눈치를 본다

 반클리프 그리고 어퍼컷

이제 어쩔 것인가
단상에는 하늘신 위에 신이라는 사람이 있고
광장에는 광신이 있다

고래 심줄들이 모여든다
힘센 이웃을 업고 모여든다

편 먹으러 모였다
가·위·바·위·보

버려진 땅들의 평화

다양한 군상들 말이 없다

바람이 지나가면 길 비켜 줄 뿐

비가 후려치면 맞아 줄 뿐

해 나면 따라갈 뿐

이슬 한 모금 받아 안고

뿌리를

줄기를

잎사귀를 키워 갈 뿐

속이지 않는다

탐하지 않는다

다투지 않는다

막히면 에둘러 가며 터전을 지킬 뿐

나비가 반기면 반기는 대로

벌레가 뺏어 가면 뺏기는 대로

우격다짐 없이도

저들끼리 어우러져 제 몫을 다할 뿐

　　　반클리프 그리고 어퍼컷

봄이 오면 꽃 피우고

가을 가면 잎 떨구고

군주 없이도

가뭄이든 홍수든 묵묵히 견뎌낼 뿐

후회는 잊지 말아야 할 기록

둥글다고 하는 세상은 곳곳이 사각지대다

하루의 성과를 위로 올리는 중력의 힘을
누구는 질서라 하고
누구는 구조라 하지만
자세는 달라도 방향은 같다

인쇄된 규칙은 손에 들렸으나 해설서가 없다

노력의 증명인 높은 자리는
증명할수록 더 높아지는 신기루다

재력은 부자의 길로 가고
능력은 성공의 길로 가지만
저녁이면 잔을 부딪치는 사이다

 반클리프 그리고 어퍼컷

한쪽에선 법을 만들고

다른 한쪽은 표를 계산하지만

목적지는 하나다

거대한 소용돌이를 뚫고

자신 있게 선택한 믿음이 깨진 뒤에야 고민은

바빠진다

손가락을 자를까

다음을 위해 남겨 둬 둘까

언제나 그랬듯이

부질없는 일들로 부질없는 말들만

노력하면 된다고 광고해 놓고
과실은
우리 아닌 너에게만

함께 높이 높이 오르자 꼬시고선
너는 상석에
우리는 하단에

편하게 더 편하게 유혹해 놓고
감시는 가까워지게
관계는 멀어지게

많이 쓸수록 부자 된다더니
쓰레기 광란을 틈타
금괴 속에 재난을 감춰

자유 자유 부르짖더니

미래를 알고리즘에 맡겨

의지를 인터페이스에 가둬

너의 결정적 증거는

미끼를 빌미로 선착순 시켜 놓고선

맨 앞에 선 사람만 배 불린다는 것

교과서가 잘못 가르친 탓이라고?

폐해를 숨긴 장본인이 누군데

그럼

줄 선 건 누군데

나 같지 않을 때 하게 되는 질문들

유리창에 부딪혀 떨어진 새를 보며 아이들이
갑론을박 중이다
갈기갈기 찢겨 나간 산허리가 상흔을 치유하느라
진땀을 흘린다
새소리 들으며 낙엽 밟던 오솔길이 콘크리트에 묻혀
신음한다

유리창 안에서 행복을 찾기 위해
이적행위를 한 나는
단단하고 편한 길 걸으면 오래 살 수 있을까

거리마다 고성능 악다구니가 넘치고
광장마다 국기 아닌 깃발이 펄럭이는 나라에
회색분자인 나의 국적은 어딘가

안방에서 화면으로 광장의 스펙터클한 쇼를 보며

육두문자를 내뱉고 환호를 지르는 나의 카타르시스는

비겁하다는 이유로 처벌받아야 하는가

폭풍이 일고 나라가 뒤집힐 때마다

셈법이 다르게 행동해 온 나는

왼쪽 줄에 서야 하나

오른쪽 줄에 서야 하나

내 안에 나, 너 안에 너

내 안에 다른 내가 하나 더 있듯이 너도

너 안에 다른 네가 있어서

그러고 사는 거 맞지?

민의를 주워 담기 쉬운 이코노미석을 멀리하고

퍼스트클래스석에 앉아

그러겠지

규정이 그래서 그렇다고.

한푼 두푼 아끼며 세금 내는 사람들 얼마나 인내하며

사는지

체험할 수 있는 일반 검색대를 외면하고

VIP 통로를 논스톱으로 통과하면서

그러겠지

나는 중요한 일을 하는 사람이니까 그렇다고.

　　　　　반클리프 그리고 어퍼컷

잘되라고 점복 자로 밀어주는 사람들 먹고사는 데 가서
휴머니티 원맨쇼로 지면과 화면을 채우며
그러겠지
왼손을 모르게 하고 싶은데 오른손이 나대서 그렇다고.

너 안에 다른 너는
유독 얼굴이 두터운 애 같아
그래도 넌 너 안에 다른 너를 버릴 마음 없는 거지?
나 역시 그래
내 안에 다른 나를 버리면
여기까지 어떻게 올라왔는데

innovation

뚜벅뚜벅 소가 걸어 와
멍에 걸쳐 메고 일거리 일러 주러 와
아침에 밭을 갈아야
저녁을 먹을 수 있다고

어기적어기적 소가 걸어 와
둘레 둘러메고 역사를 말해 주러 와
밭을 갈아야
땅이 숨을 쉬고
땅이 건강해야
사람이 산다고

형제들이여 우시장에 가자
소를 사다 철옹성을 갈아엎자
가장 오래된 벽부터 허물자
몰래 숨겨진 것일수록 냄새가 독하다

오래 굳어 버린 것부터 갈아엎자

주군이 누구든 상관없이

묵묵히 갈아엎어

싹이 나는 토양을 만들자

봄이 움트게

경고는 숨어서 본다

숲에 광풍이 쳐들어오면 거목을 놓치지 않는다

버티던 거목이 쓰러지면

잔챙이들은 제 살기에 바빠지고

기회를 넘보는 세력들은 기싸움에 정신이 없다

거목을 꿈꾼다는 건

광풍의 진원을 살피는 일

침묵은 긍정이 아님을 깨닫는 것

거목이 쓰러졌을 때 부끄러워야 할 것은

드러난 치부 보다

음지의 희망을 빼앗은 일

광풍은 꿈나무들에 대한 숲의 경고

꿈에서라도 잊지 말기를

 반클리프 그리고 어퍼컷

주목받는 양말산에서도
추앙받는 푸른 기와집에서도
불침번 서는 주인 되기를

방심하면
침묵이 광풍 되는 건 한순간
획,

아연실색

세상을 보는 눈이 저마다 다른 색들이 무늬를 숨기고
있다
색은 같은 색끼리 무리 지으면 강한 무기가 된다
위장술로 쥐락펴락
무대뽀 전술로 직진
마지막 승자는 무리수 밖 속임수

최강의 짙은 색은 옅은 색을 부리는 것으론 성에 안 차
팬덤으로 성을 쌓는다
옅은 색은 꼬리를 흔들어야 기회가 온다

색은 짙을수록 색 위에 군림하길 좋아해서
보고 싶은 것만 보고 듣고 싶은 것만 듣는다
혹 아니면 백뿐이라는 색은 나대길 잘해서
이슈가 몰리는 민둥산에 바람잡이가 된다
색들이 뽑은 하나뿐인 색은 특별해서

 반클리프 그리고 어퍼컷

비 오는 날에는 장화 대신 구두를 신어야 아우라가
살고
흙탕물이 넘칠 때는 흰 운동화를 신어야 위신이 선다

보통의 색들은 보이는 대로 가감 없이 보길 원하지만
보는 눈이 없다는 소릴 듣는 건 치욕이다
치욕마저 무시하는 색이 있어
아연실색이다

윈드서핑

무대 없는 연극이라 쳐도 그렇지
내 편이 아니라고
끌어내리다니
주인공 자리가 탐난다고
칼춤을 추다니

각본이 그렇다 해도 그렇지
이웃집 깃발이 크다고 읍소하는 건,
생각이 다르다 해도 그렇지
뇌가 빨간 놈이라고 적대시하는 건,
관객들 눈엔
그런 그림 별로야

클라이맥스가 다 같은 느낌이라 해도
생각이 다 같을 순 없어

끊임없이 거센 파도가 몰려와

넘어질 듯 비틀거려도 멀쩡하잖니

그러니까

너만 잘하면 돼

우리 말고 너.

그들만의 리그

사방이 길이고 적이다
뺏으려는 자, 지키려는 자
유일한 무기는 야유와 함성

코미디가 비련이 되는 순간
왼쪽 당신은 이상에 빠졌다
오른쪽 당신은 진화가 필요하다

길고양이는 알고 있다
한쪽은 맑음
한쪽은 흐림

불붙는 싸움터
골목대장과 양아치 두목 사이
단발 잽이 닿을락 말락
오리발 내미는 무대뽀

 반클리프 그리고 어퍼컷

어전 자리는 눈부서

눈 감고 귀 기울여야 보이는

왼쪽도 오른쪽도 아닌

가장자리를 도는 길

알면서

에둘러 가는 심뽀

우리가 선택한 그들의 세계

설계가 그렇게 돼 있다

사파리 입구 표시판에 적혀 있다
"누구나 자유롭게 먹이 활동을 할 수 있음"

저마다의 방법으로
풀을 뜯고
흙을 파지만
먹이 저장고 열쇠는 힘센 놈에게만 주어진다는 것

사자는 갈기가 닿을 만큼
울타릴 조정하고
코끼리는 계산되는 만큼
발자국을 늘리고
하이에나는 고개를 숙이고 박수 치며
먹이 활동 중이다

토끼와 다람쥐가

불안의 눈치를 보며 뒷담화에 열심이다

"사자는 사냥을 안 해도 먹고 산데

발톱 대신 특활비를 받으니까"

사파리에서 질서란

윗것들에겐 쿠션이고

아랫것들에겐 천장이다

그럼에도

사파리 세상이 평온할 수 있는 건

먹이를 쥔 놈이 정의를 정의해서

달의 몰락

향수 제조 회사에서 계수나무 향을 찾아 위성을
달에 착륙시킨 걸 두고
어른들이 논쟁 중이다

추억의 유산을 위해 옛것을 지킬 건지
미래의 후손을 위해 식민지로 개발할 건지
의견만 분분한 가운데
코가 큰 大盜가 나타났다
“나의 식민지 건설 프로젝트는 준비가 끝났다
달을 갖고 싶으면 나를 따르라”

선물옵션으로
재미를 본 사람들이 몰려드는 가운데
정직한 한 분이 혼자 말로 읊조린다
“나는 우물에 뜬 달만으로도 충분한데”
듣고 있던

       반클리프 그리고 어퍼컷

위정자가 큰 소리로 나무란다
"호수에 비친 달 같은 소릴 하고 있네"

정곡을 찌르는 말에
몰려들었던 사람들이 혼비백산하자
덩달아 스톡 판이 파랗게 질린다

2부

모럴 해저드

보이지 않는 손의 타락

*애덤 스미스의 국부론에서 가져옴.

꿈을 말하면서 가격을 묻는다

행복을 원하면서 연봉을 검색한다

사랑은 영원해야 한다는데

전세는 고작 2년이다

열정은 뜨겁고 통장은 차갑고

하고 싶은 일을 찾다가 되는 일을 택하고

적성이 중요하긴 하나 수익성만큼은 아니다

나다운 삶을 외치며 시장가를 확인한다

욕망은 여러 얼굴을 하고 있지만

계산대 앞에서는 같은 표정이다

 반클리프 그리고 어퍼컷

결국

가치를 논하다가

가격으로 타협한다

아이에게 묻는다

꿈이 뭐니

그래서 얼만데,

극과 극의 시대

넌 아직도 결혼 생각 없는 거니
생각은 있는데
계약이 없습니다

결혼은 결심이야
결심은 있는데
조건이 없습니다

우리 때는 아무것 없이 시작해도 잘 살았어
지금은 아무것도 없으면
시작 버튼이 비활성화됩니다

그거 다 핑계야
네, 핑계치고는
감당할 이자가 너무 많습니다

사랑이면 다 된다니까
사랑은 되지만
유지비가 설명서에 없습니다

사랑은 믿음이야
믿을 건 머니뿐입니다

너는 너무 따져서 문제야
안 따지면 누가 대신 책임지죠?
달구지 타고 오다 광속으로 가는 미래

히키코모리

나의 꿈은
햇살 좋은 마당보다 침침한 이불 속을 좋아해

밝은 세상 시선들은
가난해도 부족함 못 느끼며 살려는 나를
초라하게 만들어

밤낮으로 뛰어다니는데 제자리인 이유가
느리게 걸어도 지장 없는 세상에 살고 싶은
내 발목을 잡아

이제 희망 고문은 그만 해
찬란한 미래의 유혹 따윈 지겨워
유년의 이웃들은 옛이야기가 돼 버렸어
나만 바라볼 수 있는 세상이 좋아
달러가 주인공인 판타지는 싫어

관중은 없어도 돼

어둠 속에서 나의 연기는 언제나 빛이 나

나를 보고 돌연변이라 놀린다면

밝은 세상으로부터 박해받아 보면

알게 돼

더 색다른 변종으로 살게 될지도

성장중독증

붉은 바다에선 늘
앞사람을 잡아당기고 밀치며 가야 해
끝을 모르니까

사람들은 숫자를 목에 걸고
숨을 속도로 환산하지
느린 숨은 위험 수위가 되고
잠시 멈춤은 탈락이 되니까

넘어지는 자는 바닥을 증명하고
서 있는 자만 정상인처럼 보여
높이는 방향이 아니라
관계로 측정되니까

  반클리프 그리고 어퍼컷

어제를 이긴 오늘의 나는
내일의 장애물이고
계단은 자동으로 연장되지

아무도 묻지 않아
왜 높이 오르려 안달인지
끝내는 무엇을 보게 되는지

결승선은 늘 다음 구역에 있고
모두는 출발선 위에서
같은 방향의 적이 되는 거지

쫓지 않는데 쫓기면서

아직 오지 않았다

사람이 사람을 내쫓는다
사람 아닌 사람을 들인다

"도란도란 둘러앉던 식탁을 쪼개 없앤다
밥상에 마주 앉을 상대를 구할 생각을 접는다
너였으면 하는 너와 나들이 간다
호흡이 척척 즐거움이 배가 될 것이다
너를 꼭 닮은 너와 함께 밤을 보낸다
쉽게 차가워지는 절정쯤이야 익숙해질 것이다"

사람 아닌 사람 가성비 갑이다
생리 욕구를 넘어 자아 욕구까지
원하는 대로 써먹는 대로
초부자거나 극빈자거나 둘 중 하나는 된다

사람 아닌 사람 늙지 않는다
업그레이드가 거듭될수록
지구의 주인이 바뀌어 간다

점점 노예 생활에 익숙해 가는 우리에게
점점 초토화 돼가는 자연 앞에 중요한 것은
아직 오지 않았다
환상적이거나 치명적이거나

진화하는 가족

매슬로의 하위 욕구는 충실하길 원해

밤꽃 향기는 밤이 좋아 밤으로 풍기고

이웃에서 안달하는 울음소리 그것은

다른 種이 홀씨를 위로하는 꼬리의 향연

꽃대의 미래는 꽃대의 몫

홀씨는 홀씨로 족하므로 꽃대가 되어 줄 생각이 없어

둘이 있어도 혼자가 되는 시간

견공과의 스킨십으로 위로는 충분해

밀린 부채를 안고 잠을 자고 벽을 보며 밥을 먹고

그게 다가 아니라서

순종하는 種에는 무한 애정, 번창하는 견 카페

발아가 부담인 홀씨의 밤은 허그가 필요해

호기심을 넘어 안방을 점령하는 리얼돌

 반클리프 그리고 어퍼컷

고독의 반려자가 되려는 몽돌

그들의 클라이맥스는 늘 허무해

홀씨 배아(胚芽)는 에이아이 칩을 받아들일 준빌 하고

있지

닻

레드오션에서 공정이란 말은 진부하다
정직할 권리를 짓밟는
룰(rule)을 조롱하는 자유의 꼼수들

절박하다면 비굴함이 당당해져야 한다
하선을 부추기는 불만의 말들
기가 꺾이게

피 터지는 어장에 잠 못 이루는 열망들
밤을 낮처럼 삯을 모아
안데스 구름으로 가는 열차를 타거나
마나슬루를 걷다가 랄리구라스 옆에 잠들어도
그만일 텐데

가고 싶은 것과 가는 것의 차이가 발을 묶는다
하고 싶은 일과 하는 일의 차이가 꿈을 꺾는다

    반클리프 그리고 어퍼컷

휴머노이드 시대에 사람 냄새 그립다는 말은 찌질하다

넘어졌다 일어나 다시 뛰려는 아이들

돌부리 치워 줄 어른들이 안 보인다

어제를 뒤집는 오늘

오늘을 뒤집을 내일

한 번 더 뒤집는다고 달라질까

신세기 원룸 포구에 불 끌 시간

내일 또 허망한 바다에 나가 닻을 내려야 한다

물때를 아는 갯벌에 방게들처럼

심연의 신비를 꿈꾸며

코스모스

거느린 별이 많아선가요

씨 뿌려 놓고 흥할지 망할지 몰랐다뇨

남아서 버리는데 굶어서 죽어가요

백약이 무효란 개그가 먹힐 만큼요

보세요

휑한 눈망울의 침묵을

먹고 싸고 버릴 뿐인데 타들어 간데요

불길이 코앞인데 꼬릴 자를 줄 몰라

회생할 기미가 보이지 않아요

이상을 추월하는 방화범은 출발 준비 끝냈대요

새로운 식민지 건설을 위해

쩐이 되는 별을 찾아가겠죠

멀리 있는 건 다 좋다네요

타 죽기 전에 부자들은 이사 가겠죠, 또 다른 별로

영혼을 지배하는 金貨에게 말해줘요

높을수록 비싼 맨션을 지으라고

바로 닿지 않겠어요

그땐

반지하에도 별이 들겠죠?

말라위 아이들에게도요

하늘은 말이 없고 삽은 뜨겁고

산은 바람을 키우고
계곡은 물이 사색하는 곳

"미래가 들어옵니다"
재주꾼들이 현수막을 내건 후

나무는 족보를 잃고 흙은 번지수로 나뉜다

길은 굳어 버리고 그늘은 사라진다

강물은 교정되고 물고기는 난민이 된다

빗물은 반지하를 스토킹하고
바람은 출입문을 타박한다

창문은 하늘을 쪼개고

베란다는 석양을 나눈다

침묵의 벽들은 떼 지어 높이 솟고

은행 앱은 손놀림이 바빠진다

그렇게

재주꾼들은 합심하여 자연을 효율적으로 정리해 주고

거부가 됐다

신세를 지게 된 자연은

가끔 재주꾼들 세상의 하류를 정리해 주러 온다

서울살이

알람은 공평하게 울리고

피로는 다른 깊이에서 온다

어깨는 닿아도

눈은 마주치지 않는다

지하철의 책무는 발이 아닌 속도다

목표치가 상향 곡선을 그리면

어깨와 등은 하향 곡선을 그린다

성과는 숫자로 배달되고

한숨은 통계에서 빠진다

점심은 연료로 삼키고

꿈은 이력서로 접는다

집까지 따라온 자기계발서는
요행의 밑천으로 삼는다

불이 꺼지지 않는 이유는
잠들 시간이 없어서다

타향은 고향을 속인 적 없다
나만 속고 있을 뿐

도둑들의 오류

돈을 왜 훔쳤니
노력의 대가를 챙겼을 뿐입니다

봉급을 받고 있잖니
땀의 양보다 적습니다

니가 훔쳐 가면
주인 수입이 줄지 않겠니
땀의 양보다 많습니다

계속 훔칠 거니
노력이 만족할 때까지 합니다

고발 당할 수도 있는데
감옥 갈 일은 없을 겁니다
아니 왜?
세금이 모르는 돈만 챙겼으니까요

그럼에도

일등만 주목받는 게 거슬린다며
오락 게임에 빠진 아이에게
공부 열심히 하라는 말 하기가 쉽지 않다

땀 흘리지 않고 부자인 놈들이 거슬린다며
코인 늪에 빠진 젊은이에게
직장 생활 성실히 하라는 말 하기가 쉽지 않다

돈 되는 시들이 거슬린다며
밥도 안 되는 시 쓰기에 매달리는 친구에게
그만두라는 말 하기가 쉽지 않다

세상이 거슬리는 것들로 넘쳐나서
마음먹기 나름이란 말 하기가 쉽지 않다

여름 장마의 자백

시간 속엔 언제나 도사리는 게 있어
표적에 예외는 없지

우울한 시간은 빈자들 몫이야
먹잇감이 될 수밖에 없으니

쓸려 나간 후 뒤집어 보면 애매한 게 많아
허공에 말뚝 박아 하늘을 울게 만드는 거
빈자의 바닥을 뒤집어 버리는 거
확실치 않은 걸 확실치 않은 사람들이 차지함으로써
확실해지기 때문이지

가려진 것들은 포기와 모험을 시험에 들게 해
물정 모르는 술수는 상처를 내놓고 상처를 위로하지

 반클리프 그리고 어퍼컷

흙탕물이 휩쓸고 간 자리

낯익은 실루엣 하나

상상으로 버티고 있어

희망이 바라는 건 흐린 오늘보다 글쓰기 좋은 어제야

계절의 이별 연주는 피날레로 간대

떠나는 초록 편에 한 통의 손편질 보내야겠어

기다리고 있을 아이들의 가을에게

펜트하우스

봐라 대단하잖니

세상을 내려다본다는 건 참 즐거운 일이야

너도 건너뛰며 올라와 봐

봐라 뿌듯하잖니

올려다보는 대상이 된다는 건 폼나는 일이야

너도 밤낮으로 쌓아올려 봐

각오는 됐겠지

바람이면 바람 온갖 바람

다 견뎌야 해

갑자기 내리치는 폭풍우도

속수무책으로 맞아야 해

그래도 내려갈 생각은 꿈도 꾸지 마

네가 깔고 앉은 이웃처럼

너도 밟힐 수 있어

 반클리프 그리고 어퍼컷

발아래 사람들 아우성치거나 말거나

너는 그냥

폼나게 즐기면 돼

그래도 세상은

돌아가게 돼 있어

봐봐

하늘도 환하게 웃고 있잖니

우는 아이 달래기

아이야
부자 놀이 그런 거 하지 마
엄마 아빠가 재벌이 아니잖니
그냥 남들처럼 살아

아이야
판검사 되는 거 꿈도 꾸지 마
아빠 엄마 디엔에이 별로잖니
그냥 수능 점수에 맞춰

아이야
부자가 아니라서 폼이 안 난다면
수의 입고 휠체어에 앉은 연기 해보는 건 어때
판검사 못 되서 쪽팔린다면
망토 걸치고 거리에 나가 구세군 활동 해 보는 건 어때

아이야
원하는 것 못 되도
뭐라도 해봐야지
나라 기둥 세우는 일이 힘들면
우리 집 기둥 세우는 것부터 해보는 건 어때

아냐, 난
엄마 아빠 유산부터 점검할래

시간의 배신

시대가 시대 위로 포개지는 속도에 가속이 붙어서
헌팅이 가고 플러팅이 왔다
연애가 숨을 곳이 없어서 결혼은 폐기됐다

독재가 개혁의 탈을 쓰고 자주 등장한다
종렬이 가고 횡렬이 왔다
보호받지 못할 권리가 늘어난다

가는 시대를 붙잡고 있는 사람들 발밑에
새 움이 움찔움찔 기척을 한다
갈잎이 빗물에 떠내려가지 않으려 몸부림친다

오는 시대에 올라탄 사람들 앞에
그린란드가 녹아 흐른다
아기 울음소리 사라진다

신에게 기대어 사는 사람들 앞에

구원의 손길보다 기아 광고만 늘어난다

화해의 손짓보다 파시즘들이 판친다

땅만 밟고 사는 사람들 앞에

공중에 뜬 땅들이 비싸게 군다

스톡 판에 목숨 거는 계좌 앞에

푸른 물결만 넘친다

겨울 숲에 눈이 쌓이는 이유

누구나 착각에 빠질 수 있지
꽃과 열매와 화려한 단풍까지
양지만 좇으며 챙긴 것들 다 혼자서 이룬 것인 양
허세 떨다가
감춰진 치부들이 드러나면
가리고 싶을밖에

청렴하다며 거들먹거리는 솔가지부터 덮는다
빈손인 굴참나무 가지도
제 몫을 다하고 돌아가는 낙엽까지
겨울새들만 빼고 다 덮는다

구차한 변명 필요 없이
산다는 것이 다 부끄러운 것이다
높은 곳에 태어나 더 높이 오르려는 것도
낮은 집에 태어나 높은 집에 살겠다 덤비던 것도

 반클리프 그리고 어퍼컷

법 없이 사는 것 같아도 존재만으로 상처가 되는

부끄러움뿐인 세상 가운데

숲은

겨울새만큼은

당당히 날려 보내고 싶은 것이다

부끄럽지 않은 세상 찾아가

사르라고

잡초들의 메들리

일등석에 앉은 풍요가 모른 체 해도

괜찮아

크는 만큼 알게 될 이름이니

앞질러 가는 미래가 일러 주지 않아도

상관없어

누빈 만큼 깨닫게 될 생이니

하늘이 얼어붙고

땅이 불타도

가슴엔 태양 머리엔 별 있다

끝끝내 그 이름 불러 주지 않아도

끝끝내 그 생애 말해 주지 않아도

버려진 꿈들이 모여 광장을 채운다

짓밟힌 땀들이 쌓여 옥답을 만든다

넘어져도 짓밟혀도 우리는
다시 일어나
뻔뻔한 풍요를 훈육할 거야
눈먼 미래를 인도할 거야

한겨울 길바닥에서도
우리는

낙수효과의 단면

누구나 빈손으로 태어난다는 철학적 의미는
수정되어야 한다

삶이 나아진다는 설계는 가정이고
가정은 숫자의 나열에 지나지 않다

과실의 자리는 언제나 위층에 마련되고
기대의 자리는 아래층에 있다

위층에서는 증식이 능력으로 적립되지만
아래층에서는 정체가 태도로 기록된다

공정 분배 계획서의 침묵은 길어지고
차례는 때를 지나쳐 간다

기다림은 미덕이라지만 보상된 적은 없다

사과가 떨어진 이유로 태어난 중력은
아래로 떨어지지 않는 상위층 사과를 설명할 준비가
되어 있지 않다

중력은 정상 작동 중으로 보고되지만
예외는 구조로 고정돼 버린다

떨어지지 않는 사과를 설명하기 위해
이론은 수정될 기미가 없고
하위층의 자세만 교정을 강요받는다

신비한 마케팅 기술

1.

숨 쉬고 살면 다 죄인이 돼요

흰 봉투는 죄를 면해 주는 마법을 가졌어요

죄인 밀집도가 높은 도시는 흰 봉투 수집에 안성맞춤

이죠

죄인들의 경배 대상은 최초의 아이디어맨이 아녀요

이단아는 알고 있죠

창세기 love가 금세기 money로 둔갑한 것을요

벤치마킹 가면을 쓰면 모방이 더 유명해져요

원조보다 프랜차이즈가 더 번성하는 것처럼

한 집 건너 또 한 집 번창해 가는 가게들

티켓 없이도 파라다이스로 가는 길이 넓어지겠네요

money가 넘쳐도 기아가 늘어나는 만큼요

  반클리프 그리고 어퍼컷

2.

단벌옷에 푸성귀로 때우는 거 보셨잖아요

작은 보물을 들고 와서 큰 보물 달라고 보채지 마세요

잿밥 게임 화투 놀이로는 수지 맞추기 힘들어요

촛농을 팔아 천년을 버틴 건

자고새보다 일찍 종을 울린 덕이 아니어요

money가 외면한 곳에 가게를 차린 게 신의 한 수였죠

집 나온 왕자에게서 힌트를 얻은 거죠

블루오션으로 가려면 money를 잊어야 해요

지금은 레드오션 풍랑과 싸워야 할 때죠

비우는 것보다 채우는 게 쉬우니까요

다운사이징

가위손에서 툭 툭 잘려 나가는 세월이
지난봄을 되살리고 오는 가을을 위해 죽는다

머리방에서 서운해할 시점에 개운함이란
주목받고 싶은 작위
사과밭에서 섭섭할 시점에 즐거움이란
등록금 병원비 채워 줄 結果枝

계산된 손놀림은 숙련된 역사를 증명하는 일
버려지는 것보다 남겨진 것에 집중해야 하는
하루하루

가장의 울분이 손등 위로 떨어지면 인생이
추락하는 것
한 가족의 안위를 조종하는 종이 한 장의 위력
무너진 위에 새로 서는 행복이

기억하면 무너지는

잘린 것은 버리고 잘릴 것은 키우면서 자르는

자연과 다른 세계의 생존 방식.

거꾸리에서 악몽을 꾸다

산다는 건 맑은 날을 기대하며 구름을 지워 가는 일
잔뜩 낀 구름 지우고 싶은 날은 지구를 머리에 이고
하늘을 보라
묽어지는 건 구름이 아닌 고통이다
열리는 건 하늘이 아닌 동공이다

고통이 묽어지기 전 기억은 다 악몽
채소와 과일을 그리고 나락과 밀을 그리고 소와 돼지를
그린다
그린 것을 죽이고 다시 그리고 다시 죽이고,
옷과 신발, 냉장고와 티브이를 그리고 컴퓨터와 스마
트폰을 그린다
그린 것을 버리고 다시 그리고 다시 버리고,

그리고 죽이는 일상을 행복이라 명명하고,
그리고 버리는 광기를 사랑으로 치부하고,
끝끝내 그리지 못한 그것 때문에 서로 짓밟고 죽이고,

 반클리프 그리고 어퍼컷

살아남은 허무가 불기둥과 불구덩이를 도킹시킨다

불구덩이 신음과 불기둥의 극치가 불씨를 그려낸다

불씨는 종말을 지연시키는 씨앗이 된다

씨앗이 자라나도 그리지 못한 숙제 풀리는 날까지

그리고 죽이고 그리고 죽이고, 살고

그리고 버리고 그리고 버리고, 사랑하고

지구를 머리에 이지 않고도 고통이 묽어지는 날

나의 악몽은 끝이 날 것이다

푼수와 탐나

지리산에 오니 어머니 냄새가 난다
아버지 산은 어딘가

강가에 살던 사람들 죽어서 산으로 갔다
산이 좋은가 강이 좋은가

강을 북쪽에 두고 부자들이 늘어났다
풍수는 푼순가
강남 불패 강북 필패면 우리 집은 어딘가

권세가들 허세가 대를 이어 어른거린다
무계급이었던 내 부모
상놈 마을은 어딘가

북쪽 영산(靈山)은 길이 막혔다

길은 멀어도 탐라(耽羅)는 탐나지

아뿔싸

백록담 담수는 마른 날이 많다지

모럴 해저드

1+1로 3을 만들면 천벌을 받는다고 믿는 두 분은 하
루 종일 훔쳐도 세 끼를 못 채우는 날이 많았다
그분들 믿음을 깨고 싶었던 나는 뜬구름 잡겠다며
집을 떠났다

무모한 객기로 난전에서 인파를 뚫고
먹고 입는 것을 훔치는 데는 요령이 늘었으나 나를
설레게 하는 마음을 훔치는 데는 실패했다

숭배 대상이 지폐로 바뀌고부터 공중에도 땅이 있는
시대에 지은 집이 날개가 달렸다는 소문이 돌았다
인이 박힌 대로 착하게 살면 불이익이 많음을 깨달은
나는 나의 땀을 30년 넘게 훔쳤다
합법적이라고 우기는 도적들 사이에서 땀만으로 주인
이 되는 시대는 지났다는 신조어가 떠돈다는 말이
나의 땀을 실망시켰다

용병 경험도 없이 용병을 훔쳐 지혜를 대신하려다 궁
지에 몰린 골목대장이 가로 열 줄 세로 아홉 줄 말판
에 졸을 전면에 세우고
뒤로 숨는 모습이 지면과 화면을 점령했다
스톡 판에서 짜고 친 일벌은 잡혔는데 도망친 여왕벌
은 미꾸라지 뒤에 숨었다는 소문만 파다하다

핏대가 달아오를수록 누군가는 내 몫의 공기를 훔쳐
가고 나는 주말마다 숲으로 달려가 털린 만큼 훔쳐다
일주일을 먹는다

훔친 量이 성공 지수가 된 지는 오래된 일이다
내 안에 감옥이 하나 지어진 것도 오래된 일이다
나는 아직도 1+1로 3을 만들지 못하지만 내가 훔친
것은 내 것이라고 믿고 있다
아니, 사실은 하늘 주인 위에서 군림하는 주인 부류
에 끼고 싶은 것이다

3부

머니 뭐니

가든 블루마블

제멋대로야

허물고 부수고 비틀어 태초의 도면을 찢어발기는

하얀 꽃 누런 꽃 검은 꽃 무리들

최신 콘셉트란다

쌓고 또 쌓고 높이 더 높이

침대 위에 침대에서 잠을 자

식탁 위에 식탁에서 밥을 먹어

변기 위에 변기에서 일을 봐

벌들의 대화를 엿들으며 정답이라 쓰고 있어

미소 속 언짢은 표정들이 아득해

지팡이 앞세운 꽃 휠체어 타고 가는 꽃

시장 바닥 기어다니며 수세미 팔고 있는 꽃

오늘이 있어 감사하다네

 반클리프 그리고 어퍼컷

균형을 잃은 적 없다는 태양과

꽃 위의 꽃에만 후한 인심과

승자밖에 모르는 승자의 시선들은

꽃 아래 꽃들을 피해 다녀

꽃을 밟는 것도 꽃이야

꽃을 꺾는 것도 꽃이야

하나같이 잎 떨궜다 싹 틔우고 있어

공멸할 때까진 불멸이어야 하는

아직까진 푸른 정원

베스트셀러

궁금해
너의 문을 열면 쏟아져 나올 양식들
이리떼를 훈육하기에 적합한지
명성과 달리 탄식들은 왜 끊기지 않는지
베들레헴에서 온 비장의 무기가 있을 거라 믿고 싶어

불을 밝히는 순례자들의 소망과 기도
빛을 발하는 이면에는 그림자가 드리우고
너를 열지 못한 이유가 될 순 없지만
허물이 들통나지 않은 건 다행인지 몰라
나의 피는 아직 끓고 있으니

들끓는 피를 위해 아직은 챙길 게 많아
내 가슴은 너의 손과의 거리가 너무 멀어서
불멸의 책이 된 이유를 모르겠어

 반클리프 그리고 어퍼컷

기적이 실현된다는 별들의 나라
놓치고 있는 건 없는지
그곳의 별만큼이나 여기서도
너로 인해 회개하는 이리떼들이 많았으면 해
생명의 숲에 사냥이 사라지게

원작자가 어린양이 아니라 해도
최고의 책이면
그랬으면

도킹

대가족을 짊어진 지게는

술잔과 거래를 즐기다 한 시절 다 갔다

핵가족을 이끄는 쩐은

스톡에 패하고 코인 늪에서 사활을 건다

요술을 가진 쩐이라 해도 장담할 수 있는 건 저울이

없다는 것뿐

무게는 그대로다

범람하는 로또 번호가 문을 닫는다

식솔들 목구멍 채우다 쇠약해진 한숨이

쇠심줄에 매달려 복역 중이다

행운에 탑승하려다 서빙 알바에 목숨 거는 시샘이

수능 점수에 갇혔다

한숨일 때나 시샘일 때나
확신할 수 있는 건 유일신은 어머니라는 것뿐
형기는 그대로다
꽃비로 날리는 억울한 수다가 얼굴 문을 연다

한밤에 감정의 무게와 원죄의 얼굴이 도킹했을 때
극치의 신음 소릴 듣게 된 어린 신도,
이튿날 아침 밥상이 달라졌음을 알게 된 후
유일신을 고생시킨 아버지를 용서하기로 한다

실개천은 변두리로 흐른다

별 수 있나

시류에 떠밀려 가보는 거지

모난 것은 다독이고

둥근 것은 어르며

폭우는 복권처럼 이웃들을

희망을 볼모로 절망에 가두고

문명의 벼랑은

쓰러진 이웃 챙겨 주는 걸

낭비라 그러더군

앞서가지 않으면 패망뿐이라며

걸림돌은 시련을 주지만

선물도 주지

닳을수록 맑아지는

 반클리프 그리고 어퍼컷

훼방꾼은 겁을 주지만

용기도 줘

끌어안고 함께 가게

달이 구름을 가르는 건

하수야

내 몸을 가르는 게 일품이지

꿈꾸던 곳이 아니면 어때

오늘 놓친 것은 내일 누군가에게

기회가 될 테니

ending 장면이 진부해

신문지를 덮고 자나 구스다운 이불을 덮고 자나
우리는 노숙자
파인다이닝에서 식사를 하나 쓰레기통을 뒤져 끼니를
때우나
우리는 노숙자
공조 시스템이 잘 된 사무실에서 밥벌이 하나 공사판
에서 잡일을 하나
우리는 노숙자
기름진 얼굴로 관에 눕든지 피골상접한 몸으로 눕든지
화장로 끝에서 한 줌 먼지로 만나게 되는
우리는 노숙자

도심의 먼지를 뒤집어쓴 가로수나 심심산골 소나무나
모든 자연은 우리에게 생명수
안에서나 밖에서나 생명수의 천적인 우리는
지폐를 끌어안고 영생을 노리는 노숙자

눈(眼)이 억울해서

나는 모두에게 올곧은 충신이지만

누군가가 올곧지 않은 건 별개의 문제죠

나는 보이는 대로 다 보여주지만

누군가가 보고 싶은 것만 보는 건 별개의 문제죠

나는 보이는 건 다 평화롭게 보지만

누군가가 갈등을 조장하는 건 별개의 문제죠

누구나 사심을 갖고 보는 건 자유지만

누군가는 흑 아니면 백이라 단정하죠

누구나 직접 봐야 알게 되지만

누군가는 보지 않고 카더라 말하죠

누구나 신문 인터넷을 보는 걸 중요시하지만

누군가는 패거리를 만들죠

누구나 편파 기사를 보며 나라를 걱정하지만

누군가는 묵묵히 자기 일을 하죠

나는 보이는 대로 가감 없이 보길 원하지만

보는 눈이 없다는 소릴 듣는 건 치욕이죠

흑기사가 필요해

아이들은 태어나자마자 저울 위에 올려진다
가능성의 무게를 재기 위해

교실은 창문보다 벽이 많고
벽마다 숫자가 걸려 있다
등수, 등급, 백분위,

노력하면 된다는 문장은
액자로부터 선택받았지만
노력의 방향은 오직 한 길뿐이다

넘어지면 일으켜 세우기보다
뒤처지는 이유를 따지는 게 먼저다

상담은 기록이 되고
기록은 평가가 되고
평가는 낙인이 된다

     반클리프 그리고 어퍼컷

꿈을 잃은 꿈나무가 옥상에서 떨어졌다
"요즘 아이들은 연약하다"는 말로 마무리한다

어른들은
아이들을 연약하게 만든 시스템을 외면한 채
숫자 계산에 올인한다
맨 앞줄에 서게 되는 커트라인

아이들 노트에 죽음이란 낙서가 실제가 되는 건
개인의 선택이라 불리고
어른들이 만든 시스템은 항상 무죄로 종결된다

누룽지

곰방대 입에 물고 헛기침하던 하르방이 떠나고

술독에 빠져 세월을 말아먹던 아방도 떠나고

일독에 빠져 뼈만 남은 어멍까지 떠난 후

고향의 향기는 사라졌다.

숨과 숨 사이에 숨어 살아도

숨이 숨을 막는 엉클어진 이 세상에

고난을 우려내어 기운을 나눠 준 너처럼

뒷맛이 개운한 사람이 그립다.

금밥 흙밥 중에 곤밥이 최고라지만

서숙밥이 그리워지는 이 겨울밤에

으르렁거리는 악다구니는 묻히고

너의 구수함만 넘쳤으면 좋겠다.

강 남쪽에 사는 게 부럽다고 들쥐 떼 쫓는 사람 말고

높을수록 뷰가 좋다고 허공에다 말뚝 박는 사람 말고

草家 향기 머금은 사람 옆에 있으면

소주에 라면뿐이라도 웃음꽃이 피겠다.

설마가 현실이 될 때

큰 도적들은 이미 화성으로 튀었다
불구덩이엔 피라미들만 볼모로 남고

무인 산업 성장률이 하늘을 달군다
윗목의 냉기는 점점 심해지고

불의 계절에 산은 타다 만다
사람들은 폐기물 불리는 일에만 정신이 팔리고

독거 주거단지가 투자 1순위가 된다
무연고 장례 사업은 활황을 타고

인공 자궁 주가가 정점을 찍는다
터부시 당해 오던 것들은 들고 일어나고

우리의 아이디어가 우리를 노예로 부리는 주인이 된다
부릴수록 우리의 배는 채워지고 머리는 비어 가고

변화를 따라잡으려면 선행 변수에 집중해야 한다
날씨는 달콤하다가 씁쓸해진다고 하고

몽니 꽃

속담과 달리
화해의 씨앗을 심었는데 몽니 꽃이 피었다

태양을 받들어 섬기는 네가
낮을 밤처럼 가두어
우라늄을 만드는 동안
나는 밤을 낮처럼 풀어서
코리안드림을 이뤘지

임진강 철새들 오가기를 칠십여 년
한 번도 못 오간 너와 나는 고희 기념 사진을 찍는다
너는 역성장 모습으로
나는 급성장 모습으로

다시 고희가 되었을 때 우리는
둘 다 살아남아 있을지
둘이 한 몸 되어 있을지

등 돌린 지 너무 오래
외로운 철책은 녹이 슬었다

임진강 넘어 몽니 꽃이 악의 꽃 될라
잠 못 드는 서울의 밤

달리고 싶다

서로를 탓하는 사이
반도가 섬이 되었다

큰 섬이 휩쓸고 지나간 후
섬 아닌 섬이 되었다

수모와 속박에서 벗어나
숨 돌릴 틈도 없이
육지 아닌 육지로
인질 아닌 인질이 되었다

육탄에 잘려 골이 깊어진 폐부에
꽃을 가득 심어 골을 메꾸자
꽃밭 위로
철마가 달릴 수 있게

 반클리프 그리고 어퍼컷

우랄산맥 넘어 대서양까지

달릴 수 있게

K문화를 싣고

삼월 첫날에 스미는 바람

그날의 깃발은

색깔이 아니라 심장의 방향이었다

심장의 역할은

대신 해주지 않는 말을

누군가는 해야 할 말을

입 밖으로 꺼내는 일

그날의 자유는

명사가 아니라 동사라는 것

과거형이 아니라 진행형이라는 것

그날의 정의는

부당함이 편리함으로 포장될 때

불의가 관행이라 불릴 때

no라고 말하는 태도

　　　　반클리프 그리고 어퍼컷

그날의 기억은

특별한 해의 달이 아니라

다시 시작되는 질문

오늘 나는

무엇 앞에서 조용한가

그 침묵을

흔드는 바람이 있다

유랑 버스

始祖가 누구인지는 관심 없어요
조상 무덤에 금괴가 없다면 액셀러레이터를 멈추면
안 돼요
종점이야 하늘 위든 땅 아래든
이미 정해졌거나 달라지거나 하겠죠

의주가도를 달려 구파발에서 종로3가로 가고 있어요
무악재 넘어 서대문형무소를 종점으로 꿈꾼 적 있었죠
끓던 피 식은 지금 영천시장을 지나고 있네요
지나치고 나니 더 궁금해져요
아우내장터에서 왜 그곳으로 왔는지
죄를 회개하지 않아도 용서해야 하는지

지나가면 다가오고 다가오면 지나가고
잡힐 듯 잡히지 않는 것들이
핸들을 놓고 뛰어내리고 싶은 충동을 부추겨요
기다리면 밝혀질 진실이 두려운 건 아닌지

 반클리프 그리고 어퍼컷

종로3가에서도 의문은 남겠죠

종묘가 해를 가린 구름은 아닌지

탑골공원 버스들은 어느 기억 몇 페이지에 머물게

되는지

달리는 중이니까 의문은 곧 풀리겠죠

어둠에서 그림자를 찾다 스러져 간 투사들 속내까지도

나도 너의 안부가 궁금하다

미안한 마음 남겨두고
네가 떠난 빈자리는
채워 주려는 인정들로 붐빈다

낡은 철재 대문은
붉은 녹이 열심히 채워 가고
동심의 무대는
푸성귀가 이미 다 채웠다

장독대에 빈 항아리는
뙤약볕을 담았다 비웠다 하며
계절을 낚는 중이다

주인 잃은 개 밥그릇은
고추잠자리가 밀회 장소로 찜해 놓고
들락거린다

많고 많은 길 중에

맨션으로 가는 길이 몇 개나 되겠니

반지하가 힘들면

다시 와도 돼

갈까마귀가 지붕을 지키고 있으니

미안하지 않아도 돼

시간은 나를 지키며 너를 기다릴 거야

세태 유감

하늘은 그대론데
태극기가 언제부터 부품이 됐지

호소력은 촛불이 나은데
세력에 밀렸나 악다구니만 설치게

뛰노는 아이들 없는 골목 보기가 그래
지하철 탄 사람들 시선도 그렇고

사랑은 왜 그리 헤픈 거야
이별은 또 왜 그리 섬뜩해

젊은이들 어깨가 매가리가 없어
어르신들 날 선 핏대는 볼썽사나워

이웃과 이웃 사이는 어떻고
가족과 가족 사이는 또 어떻고

 반클리프 그리고 어퍼컷

모든 것이 예전 같지 않게 어긋나는 일뿐이다

그 또한

내 삶이나

그 또한 예전 같지 않다

그래도

함부로 내뱉긴 쉽지 않다

예전이 좋았다는 말,

끈(緣)을 잘 모셔야 잘 산다

초가지붕 엮으려는 거 아냐

춘향 그네 매달려는 것도 아냐

희한한 세상 엮어 이어서 살아보려는 것뿐

꿈이 커질수록 끈은 얇아져

삶이 무거울수록 끈은 질겨져

내 것이 떨어지면 하늘이 무너지는 것 같고

이웃 것이 떨어지면 한시름 놓게 돼 있어

쥔 거 많으면 맑은 밤에 별 찾기야

끼리끼리 이어줘

쥔 거 없으면 비 오는 밤에 달 보기야

서로에게 등 돌려

엮다 보면 가슴 아픈 일이 생겨

잡은 손 놓고 싶어지면 먹구름이 드리워

끝까지 함께 가자 다짐하면 해가 웃어 줘

　반클리프 그리고 어퍼컷

스톡 판이 붉은빛이야 질러 볼까

코인 탄광이 손짓해 들어가 볼까

동아줄을 잡게 될지도 모른다는 욕심으로

넘사벽이 뚫릴지도 모른다는 희망으로

피난 일기

전쟁터에서 승리에 도취된 괴물들을 보았다
피난 가자, 산으로
탈영을 부추긴 사람 없었다

산속은 유년의 향기로 가득하다
낯섦을 어르는 신록의 시선들 따라
홀로 터벅터벅
타고 가던 산을 베고 눕는다

걸어온 길이 달라
가는 길 닮으려고 숨어든 산,
발아래 구름이 산허릴 넘지 못하고 맴돈다
내가 구름이었다면
한 번쯤 유년의 하늘을 돌고 왔으리

세력을 앞세운 푸성귀들
텃세가 드세다

그래도 여기는 나의 胎盤,

하루하루 벗겨지는 문명의 때만큼

사색은 死色이 되어 간다

나쁜 꿈

1.

꿈에서 지구를 한 바퀴 도는 여행을 했다

학교에서 배운 것과 달리 지구는 둥글지 않았다

생각보다 사각지대가 많았다

그곳은 어둡고 추워서 먹을 것이 귀했다

차별 없는 태양은 여전히 비추고 있었다

2.

죽음을 벼르는 소녀가

어쿠스틱 기타로 하드 록 음악을 따라 하는 동안

죽음은 잠시 쉬고 있다

소녀가 일렉트릭 기타로 하드 록을 연주할 수 있을

때까지

좀 더 쉬었으면 좋겠다고 생각했다

 반클리프 그리고 어퍼컷

3.

까불면 가진 것마저 빼앗긴다고 바람이 외쳤다

치장해도 민낯은 드러난다고 들판이 말했다

애초에 그런 것은 없다고 파도가 수근거렸다

모두가 속은 것이라고 하늘이 귀띔했다

주장할수록 많아진다며 아이가 웃었다

애쓴다고 되는 건 아니라고 노인이 속삭였다

손맛

쉽지 않아

잘 팔리는 맛이나 고수의 손맛이나

깊은 맛의 탄생은 고통을 주지

별 헤던 후쿠오카

캄캄한 독 안에서 생을 던지는 거지

시대는 입맛을 리드해

치즈와 새우젓을 버무린 손맛

만해가 웃었어

콜라에 된장을 푼 맛이 대세라니

영변 약산에 우라늄이 피겠어

수업 시간에 내놓은 선생님의 손맛

태양초와 보리새우가 시카고 블루스를 추고 있어

먹구름 속 햇살이 눈물 빵을 토핑하고 있어

쓰레기통에 버려진 시를 흰 당나귀가 위로하고 있어

몇 밤을 새워 만들어 낸 초보자의 손맛

국화를 소금에 절였으니 미당이 울겠어

푸성귀만 무성하니 길이 보이지 않아

독설은 숨이 안 죽고 해학은 설익었어

잘 익은 김치를 꿈꾸다 풀죽은 겉절이가 되고만 거지

꼰대의 초상

세월은

누구 편도 아닌데 편 가르기에 열심이다

시간은

앞으로만 가는데 이마의 세력은 뒤로만 뻗는다

눈이 흐려서일까 내 편만 보인다

귀가 먹어서일까 싫은 소린 안 들린다

험한 시련을 겪은 미소가

약자에게 차갑게 비춰 저

강자에겐 따뜻하게 비춰 저

처진 얼굴에

검버섯은 필드에 자주 나갔다는 과시용

넓은 이마에

굵은 주름은 오비 많이 냈다는 고백용

 반클리프 그리고 어퍼컷

시대가 엿같아서

쇠심줄로 라떼 타령

막걸리 마시며 쉰소리

세월이 무심해서

거울에다 투정질

안구하고 연애질

걍

입 낳고 지삽 얼빈 되는 거 아는데

갈수록 아귀힘이 약해져

뭐라도 움켜쥐는 중.

겨울나무 염색하기

아쉬우면 너도 해 봐

봄을 묶어 둬도 겨울은 오고
성형외과 로비가 북적이는 이유가 뭐겠니

과거의 시간을 빌려다 마른 계곡을 메우는 거 봤지
삭아 내린 봉오리에 가공된 봄을 밀어 넣으니 봉곳하
잖니
겨울이 지워지고 봄이 다시 돌아온 것도 같아

TV 화면에 이슈를 점령하는 정형화된 가면들을 봐
그놈이 그놈 같잖아
미래의 진행형이 다가오면 괴물로 변하는 게 흠은 흠
이지
다시 또 과거의 시간을 쑤셔 넣으며 겨울을 밀어내는
수밖에

 반클리프 그리고 어퍼컷

쇼윈도 마네킹이 쳐다보며 웃고 있어
영역 침범하지 말라는 거겠지

가공된 봄이 반복되는 사이에도
우리의 봄은 겨울로 향하고 있어

걱정하지 마,
겨울나무에 염색은 그만해도 돼
이제 곧
선보일 거야
영구히 시들지 않는 봄을
오가노이드가 준비 중이래

바퀴벌레

나는 그렇다 치고

그러는 너는

하수구 바닥 기어 봤니

헛바닥으로 내무반 청소는 해 봤니

바닥도 모르면서 뛰어 보겠다고

핵무기를 만들어 협박해

길 줄도 모르면서 날아 보겠다고

神을 조작해서 서로 물어뜯어

주방 구석 한 모퉁이도 양보 못하는 쫄보가

슬리퍼를 들고 문명을 휘두르면

배설물은 누가 치우는지 알기나 하니

고작 할 줄 안다는 게

지폐 많이 줍기 경쟁뿐이라니

너는
어느 별에서 왔니
참,
신기한 種이구나

머니 뭐니

믿을 건 머니
가슴에서 솟구친 노래는 간데없다
제멋을 노래한 시는 책갈피에서 로봇 춤을 추는데
나는 악보 없는 뜨거운 피의 노래를 쫓는다

시류는 왜 사유를 뒤집는가 상상을 커닝한 시가 앞서
서 가다니,

평이란 평은 지폐 위에 쓴 評뿐이라 카페 수다에 지
루해진 서사
진실은 필수 아닌 걸림돌이 되려네
수절은 선택 아닌 자유가 되려네

물정이 손안에 있어서 자유로운가, 편의점 들락거리
기 바쁜 서정
결혼이 안중에 없는 섹스로 변질되려 해
원룸이 정거장 아닌 종점이 되려 해

     반클리프 그리고 어퍼컷

必死의 고뇌가 筆寫에 지나지 않을지도 모른다는
우려는 우려가 아냐
계산할 줄 아는 사랑 노래가 잘 나가
분별 없는 이별 노래가 잘 나가
정녕 피에서 솟구친 노래는 없는 건가

난해한 입구로 들어가 모호한 출구로 나와 볼까
퇴고에서 탈고까지 필요한 건 머니
봉급도 없는 시인에게 밥도 안 되는 詩란 뭐니?